푸른사상
시선
107

씨앗의 노래

차옥혜 시집

푸른사상
PRUNSASANG

푸른사상 시선 107

씨앗의 노래

인쇄 · 2019년 8월 30일 | 발행 · 2019년 9월 10일

지은이 · 차옥혜
펴낸이 · 한봉숙
펴낸곳 · 푸른사상사

주간 · 맹문재 | 편집 · 지순이, 김수란 | 마케팅 · 김두천
등록 · 1999년 7월 8일 제2-2876호
주소 · 경기도 파주시 회동길 337-16(서패동 470-6) 푸른사상사
대표전화 · 031) 955-9111(2) | 팩시밀리 · 031) 955-9114
이메일 · prun21c@hanmail.net / prunsasang@naver.com
홈페이지 · http://www.prun21c.com

ⓒ 차옥혜, 2019

ISBN 979-11-308-1453-7   03810

값 9,000원

푸른사상 시선 107

씨앗의 노래

애틋한 마음으로 열두 번째 시집을 묶는다.

진실, 생명, 평화, 사랑의 말들을 찾아 헤매는 말의 순례자, 시인으로 사는 길은 나의 자부심이고 기쁨이지만 아직도 길은 멀고 아득하기만 하다.

뜰, 밭, 숲에서 씨앗을 주워 손바닥 위에 올려놓고 가만히 들여다본다. 두 손으로 공손히 감싸고 가슴에 품어보다 귀를 대본다. 설렌다. 가슴이 뛰고 벅차오른다. 씨앗은 소리 없이 희망의 말들을 속삭인다. 씨앗은 현재, 과거, 미래의 통합이다. 씨앗은 꿈 덩어리다. 흙에 떨어져 물을 먹고 뿌리를 내리며 싹터 풀이 되고 나무가 되어 비, 바람, 햇빛과 사랑을 나누며 꽃이 피고 열매나 씨를 맺는다. 이처럼 끝없는 순환으로 영원히 산과 들을 푸르게 하는 것이 식물뿐이랴. 동물이나 사람에게도 죽음을 뛰어넘어 거듭 새 세상을 끌어오는 영원한 생명의 빛인 씨앗의 노래가 있다. 내 시집이 씨앗의 노래가 될 수 있다면 좋겠다.

이 시집의 해설을 써주신 이경수 교수님, 뒤표지 글을 써주신 김준태 교수님과 맹문재 교수님께 감사한 마음 그지없다. 아울러 출판을 맡아주신 푸른사상사에도 고마운 마음 한없다.

2019년 여름
차옥혜

제2부 눈꽃 빛으로 환한 꿈꾸는 벌판

제3부　시인

제4부 하늘을 보아야 꽃이 핀다

제5부　일흔두 번째 봄

제1부

희망이 부르는 소리

적막이 적막을 위로한다

낙엽이 낙엽을 덮어주며
마른 풀들이 마른 풀들을 껴안으며
빈 나뭇가지들이 빈 나뭇가지들을 바라보며
서로를 위로하고 있는
적막한 겨울 들판이
적막한 겨울 숲이
적막한 나를 품는다

쓸쓸한 겨울 들이
고요한 겨울 숲이
뿜는 시리고 찬 은은한 빛이
쓸쓸한 내가
고요한 내가
읊는 시에
따뜻함으로 서린다

봄길

개나리 덤불이
노란 꽃 기차를 몰고 가네

노랑나비
너울너울 춤을 추며 따라가네

나도
노랑 꽃물 들어 둥둥 함께 가네

거듭나는 가을

가을 콩밭에
콩깍지 터지는 소리
콩 튀어나오는 소리
콩깍지 콩으로 거듭나는 소리
흥겨워라
경이로워라

콩깍지야
겨울을 넘어
해마다 새싹으로 콩으로
거듭나는 콩깍지야
늙고 병든 나도
이 들녘에서 이 숲에서
거듭거듭 거듭나
너와 함께 살리라

안개 낀 가을 아침

아무것도 보이지 않아라
안개바다 자욱한 가을 아침
그래도 안개 속에서
꽃은 피어 있으리
과일은 익고 있으리
곡식은 여물고 있으리
어린 짐승들은 젖은 잎새를 헤치며
먹이를 찾으리
개울물은 물고기와 수초를 품으며 흐르리
사람들은 여전히 사랑하고 미워하면서도
안개를 헤치며 바삐 오고 가리
누가
이 아름다운 자연에 세상에
안개를 풀어 안개 속에 숨어
불을 던지려 하는가
사방의 길이 안개에 묻히고
안개바다 끝없어도
마침내 해는 떠올라 안개를 거두어

삼라만상이 반짝이리
너는 내 눈동자에서
나는 네 눈동자에서
빛나리

가을 텃밭

가뭄, 장마, 폭풍 이기고
검은깨 추수를 마치자
벌어지기 시작하는 호두
백 년생 늙은 감나무에
꽃처럼 주렁주렁 매달린 감
뚝뚝 떨어져 수북이 쌓이는 은행알
주렁주렁 매달려 나오는 고구마
무청을 흔들며 솟아오르는 김장 무
여무는 들깨, 살찐 당근
반짝이는 대추, 방울토마토
케일, 서리태, 파, 쪽파, 고추
종일 종종거리다
문득 바라본 가을 텃밭은
아 보석이네
봄여름 숨찬 노동을 뛰어넘어
나고 자라고 열매 맺어
설레고 벅찬 추수의 기쁨 출렁이는
가을 텃밭은
축복이네 행복이네

산숲

산숲은
세상의 허파
사람과 동물들이 더럽힌 공기를
맑게 청소하여 되돌려주는
공기청정기

산숲은
성자
장대비를 머금어 홍수를 막아주고
가뭄에 저장한 물을 흘려보내
목마른 마을과 들을 적셔주는
사랑 나눔이

산숲은
어머니
찾아온 생명이면
누구든 무엇이든 품어주는
안식처

희망이 부르는 소리

희망은 어서 자기를 찾아오라고
수시로 내 마음에 발신지가 없는
전문을 보내지만
나는 이제 그의 말을 듣지 않는다
지치고 발가락이 아프며
신발도 닳아 터졌다
얼마나 많은 날들을
새벽부터 밤늦도록 찾아 헤맸나
신기루일까 별일까
이제 희망을 버리고
호박이나 바람개비로 살자 하는데
나를 포기하지 않고
어서 오라고 끈질기게 재촉한다
몇 걸음 떼어보다 헐떡이며 주저앉아
"제발 나를 그만 내버려둬"
소리친다 그래도 한사코 끝까지
저를 찾는 것이
참 삶이라고

나를 부추긴다

문 닫고 눈 감고 귀 막아도
끝없이 늙고 힘없는 나를 괴롭히는
희망이 부르는 소리는 도대체
어디서 들려오는 것일까

어머니는 옛살비*

어머니가 숨 거두기 전 들려준 말은
"어머니가 자꾸 보인다"

세계에서 가장 나이가 많은 할머니가
운명하면서 마지막 한 말은
"엄마"

내가 폐렴 걸려
죽음의 언저리를 떠돌 때
끓는 손을 들어 애타게
허공을 휘저으며 잡으려던 것은
이미 세상에는 없는
어머니의 손

어머니는
언제나 그립고 사무치는 옛살비
기쁠 때나 슬플 때나 위험할 때
작아지고 가벼워져 바스라지려 할 때

저절로 튀어나오는 소리
마음의 근원 옛살비

어머니 어머니 어머니
옛살비 옛살비 옛살비
부르면 눈물이 나고 목이 메는
부르면 따뜻해지고 힘이 솟는
어머니는 옛살비
옛살비는 어머니

* 옛살비 : '고향'의 순우리말

사랑도 넘치면 독이 되나 봐

비정규직으로 떠돌다
오랜만에 집에 들른 노총각 아들
한밤중 인기척에 깨어보니 화장실에서
소리 죽여 토하네

공중 줄타기 같은 일자리에 시달려
밥 제때 제대로 못 챙겨 먹어
마른 아들에게
내가 해줄 수 있는 일은
따뜻한 밥과 국 듬뿍 담아
밥상을 차려주며
밥 많이 먹어라 밥이 힘이다
라는 말 주문처럼 되풀이하는 것

고달파 줄어든 위로
어미 기분 좋게 하려고
억지로 많이 먹어 체했나

아들 몸과 마음 살찌우려다

되레 병만 준 어미

속수무책으로 가슴 쓰라린 밤

씨앗의 노래

그해 겨울
기근이 전염병처럼 퍼졌다
전쟁으로 남편과 시어머니를 잃은 영희는
시아버지와 어린 자식들을 위해
간신히 묽은 죽을 쑤어 밥상을 차렸다
시아버지는 단식으로 속병을 고친다며
식사를 거부하고 물만 마셨다
영희가 매일 수시로 아무리 죽을 권해도
시아버지는 한사코 막무가내였다

봄이 오자 뼈만 남은
시아버지가 돌아가셨다
시신을 염하고 시아버지의 요를 거두니
씨앗들이 깔려 있었다
볍씨, 콩, 상추, 아욱, 무, 배추, 조……
장례를 마치고 자식들과 고향을 떠나려던
영희는 통곡하며 씨앗을 끌어안았다
생명을, 희망을, 미래를 껴안았다

아버지 저도
사람 씨앗을 위하여
어떤 일이 있어도
곡식 씨앗을 지키겠습니다
아버지가 목숨으로 지킨 씨앗
아버지의 몸이고 넋인 씨앗
아버지와 나와 자식이 씨앗으로
한 몸입니다
조상과 후손과 나는 씨앗으로
함께 영원합니다

영희는 죽을힘을 다해
논밭을 갈고 씨를 뿌렸다
걸핏하면 울던 울보 영희는
그 이후 절대 울지 않았다

씨앗이 밀고 가는 세상
씨앗이 먹이는 세상

씨앗이 키우는 세상

씨앗은 생명이다 목숨이다 넋이다

씨앗은 아버지다 어머니다 나다 자식이다

초록 벌판에

종일 일하며 부르는 영희의 노래가

끊임없이 울렸다

세상

입춘 날
겨우내 나무 색깔로 위장하고
나무 틈새에 박혀
겨울잠 자고 막 깨어나려는
애벌레가
그만 눈 밝은 새에 들켜버렸다

나비가 되어
봄 하늘을 훨훨훨 날다가
이 꽃 저 꽃 꽃잎에 입맞추다가
꿀을 배부르게 먹고
꽃에 안겨 자다가
깨어 허공 무대에서 한없이 춤출
애벌레가
새의 부리 속으로 사라졌다

아아 입춘 날
애벌레 한 마리
눈도 못 떠보고

낮은 곳으로 흘러 돌아오는 물

뙤약볕에 타는 산을
적시고 적시며 아래로 아래로 흘러
길이 없으면 절벽도 서슴없이 뛰어내려
시내로 강으로 목마른 벌판을 휘돌아
뭍 생명을 먹이고 기르며 바다로 가
물고기와 해초 품고 배를 띄우는
물

내 목을 적시고
내 몸을 씻어
나를 살리고
하수도로 내려가는
물

낮아지고 낮아져
세상 목숨을 떠받드느라
닳고 닳아져 저절로 하늘로 떠올라
구름이 되었다가

못 잊어 못 잊어

다시 비로 눈꽃으로

돌아오는

물

꿈이여 님이여

나를 물이게 하여라

꽃이 모두에게 꽃이 아니구나

벚꽃들이 내민 수만 손을 잡고

벚꽃들의 눈빛에 끌려

벚꽃 세상을 떠돌며

살고 싶어 살고 싶어 살아

해마다 벚꽃과 바람나고 싶어

내가 노래하고 있는 순간

친구여

벚꽃 아래에

스스로 목숨을 내려놓은 친구여

만발한 벚꽃이 네겐 고통스런

눈물이었느냐 종기였느냐

등을 짓누르는 멍에가

벚꽃 파도로도 떠밀려가지 않더냐

곧 꽃비로 사라질 벚꽃의 허무를

차마 볼 수 없었느냐

정말은 벚꽃의 손을 잡고 싶었는데

누가 무엇이 너를 가로막았느냐

벚꽃이 눈부신 이 봄날에

벚꽃을 등지고

어디를 가고 있느냐

친구여

제2부

눈꽃 빛으로 환한
꿈꾸는 벌판

벚꽃 세상에서

화사한 벚꽃들이

하늘까지 덮어버린

벚꽃 벚꽃 벚꽃

벚꽃 세상에 묻혀

벚꽃에 빠져

벚꽃에 젖어

벚꽃에 물든 나

벚꽃이 된 나

해마다

벚꽃으로 피고 또 피어

벚꽃집 짓고

벚꽃님들과 함께

웃음 가득 채우고 싶어라

눈꽃 빛으로 환한 꿈꾸는 벌판

눈이 내리네 눈이 내리네

꽃을 피우고 새싹을 돋게 하고

열매 맺고 씨앗을 품어

새, 짐승, 곤충, 사람을 먹이려 분주했던

생명의 어머니 벌판에

눈꽃 피네 눈꽃 피네

눈이 내리네 눈이 내리네

세상의 길들을 지우며

마을에 빈 논에 빈 밭에 마른 풀밭에

보리, 마늘, 양파 밭에

눈꽃 피네 눈꽃 피네

눈이 내리네 눈이 내리네

땅을 갈고 씨 뿌리고 밭 매며

벌판 가득 푸른 잎으로 출렁이게 한

벌판 가득 황금빛으로 풍성하게 한

사람들의 집집마다

눈꽃 피네 눈꽃 피네

눈꽃 빛으로 환한
꿈꾸는 벌판이여

초록 물들어 희망을 심는 유월

붓꽃, 마거리트, 난초, 능소화, 작약,

하늘나리꽃, 백합, 빈카마이너, 장미……

꽃가마 타고 유월이 왔다

감, 호두, 은행 나무들 아기 열매를 품고

소나무 새순들 하늘 향해 키를 키운다

논에는 어린 모들이 연둣빛 물결인 양 넘실대고

밭에는 당근, 가지, 풋고추, 상추, 취, 쑥갓

얼갈이, 케일, 아욱, 호박잎, 고구마순……

쑥쑥 자라 흙을 빈틈없이 덮어버린다

콩밭엔 서리태 모종들이 세상을 기웃거리고

팥, 녹두는 떡잎을 내민다

모든 풀과 나무들이

태양의 달 칠팔월을 꿈꾸며

설레는 유월

산자락 무덤도 새 잔디에 둘러싸여

쓰레기 더미조차 새 풀잎에 덮여

빛나는 아름다운 유월

어느 사람인들

초록빛으로 물들어 반짝이며

저 들녘에

희망 하나쯤 심지 않았으리

제 가슴에

희망 하나쯤 품지 않으리

산불

진달래꽃 진 자리 움튼 새순
키 작은 풀 품으며
키 큰 나무들 우러르며
어미 새가 새끼 새에게
먹이를 물어다 주는 것을 보며
봄바람에 볼 부비며
설레어 세상과 만나고 있는데
느닷없이 건너편 산에서 솟는 불꽃
한 사람이 무심히 버린 담배꽁초에서
또 한 사람이 무심히 태운 쓰레기에서
도깨비불 춤춰
순식간에 밀려오는 불바다
움직일 수 없는 나무, 꽃, 풀이
헤어나지 못한 짐승 새 나비
산자락 집과 소가
불붙어 불 너울에 휩쓸려
진달래 새순 불더미에 묻혔다

삼일 만에 겨우 잡은 산불
검은 산, 빈 산, 죽은 산 첩첩

가뭄에 물 주기

싹트지 못한 씨앗들에게
처진 잎이 도르르 말린 수국에게
타는 고구마 순, 호박 순, 고추, 가지에게
지하수를 끌어올려 물을 주니
잎새들이 고개를 쳐들고 눈물 흘린다
씨앗들이 움튼다

아파트 관리비를 몇 달 못 내어
수돗물이 끊겨 죽었다는 모녀
물 좀 줘, 물 좀 줘, 물 좀 줘
사방 벽을 넘지 못한
얼굴도 본 적 없는 그들의
소리 없는 비명이 새삼
물 호스를 든 나를 때린다

비가 살리는 초목

삼월에 사다 심은
대추나무 묘목 여섯 그루
사월 중순에 새싹 돋았는데
그중 한 그루는
지하수 퍼주어도 잠만 잔다
오월이 가고 유월이 가도
다른 묘목들은 꽃이 피는데
기척이 없다

긴 가뭄 끝에 삼 일간 장마 진 후
죽은 줄 안 대추 묘목에서 솟는 새순!
비가 살린 대추나무!
칠월 한여름에야 돋은 새싹!
반갑다 고맙다 신기하다
비야 감사하다 신비하다

목마른 초목들에 단비야 내려라

그동안 너무 일찍 포기한
목숨은 없었나

꽃씨를 나누니

남해 먼 섬 친구가 부쳐준 꽃씨
우단동자가 꽃피니
친구가 꽃피고 나도 꽃피네

소리 없이
허공을 깨우고 하늘을 울리는
새끼손가락 끝마디만 한 종 모습 꽃
붉은색과 보라색이 섞인 맑은 빛깔
우단동자가
천리 밖에서 수시로
화상통화를 걸어오는
친구가 되었네

꽃씨를 나누니
절로 마음도 나누네

여름바람이 짓는 초록 세상

여름바람은 세상을 초록빛으로 물들이려
밤낮 쉴 새 없이 씨를 뿌리고 다닌다
금시 맨밭이나
난초 단단히 얽힌 뿌리 위뿐이랴
울타리, 도로, 바위 틈새에도
풀과 나무를 키운다
냇물이나 강물에조차 숲을 이룬다
여름바람만큼 부지런하고
솜씨 좋고 재주 많은
농부나 원예사가 또 있을까
오늘도 새벽부터 종일
씨를 뿌리고 다닌 바람이
해가 지려는데
또다시 씨앗을 가득 품고
숨 가쁘게 고개를 넘는다

여름바람이 지나간 땅엔
새로 태어난 초록 벌판이
신생 초록별처럼 반짝인다

농부는 바람에 백기를 들지 않는다

콩밭에는 콩만

고추밭에는 고추만

심고 길러야 하는 농부의 밭에

바람은 수시로 와

쇠비름, 클로버, 새포아풀, 애기똥풀

엉겅퀴, 환삼덩굴, 메꽃, 강아지풀 ……

잡초를 옮겨놓는다

바람의 심술에

아니 세상 모두가 제 땅이고

제가 경작해야 한다고 생각하는

바람의 아집 때문에

농부는

손가락이 아프며 등뼈가 굽고

옆구리가 결리며 무릎이 쑤신다

그래도 농부는 바람에

백기를

들지 않는다 들 수 없다

맞서 뚫고 나간다

사랑 2

암 투병하는 철수네 엄마가
한여름 뙤약볕에서 밭을 맨다
뼈만 남은 손가락 사이로
호미가 자꾸만 미끄러져
힘없이 풀포기에 떨어진다

아니 무슨 짓이야 아픈 사람이⋯⋯

아들네가 오면 뭐 뜯고 캐 먹을 것이
있어야 밥을 먹지요
가만히 두면 잡초가 밭을 다 삼키겠어요.

아이고 산 사람들이
어련히 알아서 밥 못 먹을까
병든 어미 찾아보지도 않는
아들네 언제 온다고
맨날 기다리며
죽어가는 몸으로

김매다니

앙상한 철수네 엄마가
영숙이네 할머니 핀잔에 아랑곳없이
식은땀을 흘리며 비척거리며
밭을 맨다

은행나무

은행나무는 지혜로운 어머니
해마다 은행을
몇 광주리씩 쏟아내지만
혼자 먹지 않고
나누어 먹게 한다
맛과 영양이 좋아
순식간에 백 알도 먹을 수 있지만
열 알 이상 먹으면 독을 만든다

나누는 마음에 사랑도 움트고
나누는 손에 따뜻한 정이 어려
나누는 얼굴에 웃음이 솟아
나누는 사람에 행복이 어려
절로 아름다운 세상 이루는
은행나무는 훌륭한 선생님

지는 꽃에게

꽃아 꽃아
세상을 환하게 하던 꽃아
네 고운 모습과 빛에 물들어
눈뜸을 기쁘게 하던 꽃아
이제 사그라져
먼 길 떠나려는 꽃아
나는 변함없이
너를 우러르며 품으리

어느 꽃도
시들지 않는 꽃은 없다
꽃잎 다 지고
씨방마저 흩어져
마침내 고요에 묻혀도
괜찮다 괜찮다
모든 생명의 삶과 죽음은
영원과 함께 있으니
지는 꽃아
너는 내 마음에
항상 꽃피어 있으리

가을, 빈손은 무엇을 노래해야 하나

개미허리톱다리노린재 떼가
내 서리태 밭을 점령했다

씨 뿌려 모종을 내고
북돋우고 김매며
한여름 불붙은 몸 땀띠 솟아가며
새벽부터 해거름까지
가꾸고 가꾼 밭
무성하게 솟은 순 쳐주고
다시 콩잎 솟구쳐
콩 줄기 갈라진 자리마다
수만 보랏빛 작은 꽃 눈 떠
보석처럼 빛날 때
내 눈에도 수만 서리태 꽃 피어
반짝였는데
꽃 진 자리 주렁주렁
어린 콩깍지 매달릴 때
내 가슴에도 콩깍지 무더기로 매달려

무지무지 설레었는데
개미허리톱다리노린재 떼가
콩깍지 속 콩즙을 다 빨아먹어버려
서리 내려도 빈 콩깍지와 마른 콩잎만
서걱거린다

추수의 계절 살이 닳도록 일하고도
빈 들에 선 빈손은
무엇을 노래해야 하나

벼랑에 몰린 할아버지 산지기

할아버지 산지기는 산에서 태어나

평생 산을 가꾸고 지키며 살았다

아침 해는 어느 나무에서 솟아

종일 어느 나무들과 놀다 가는지

달은 어느 나뭇잎에다 밤새 시를 쓰는지

어느 풀꽃이 어디서 나비들과 사랑을 나누는지

어느 산석이 어디서 가부좌를 틀고 해탈을 꿈꾸는지

계곡물은 어디서 어디로 흐르며 노래를 부르는지

장마엔 어느 나무들이 반신욕을 즐기는지

버섯과 산 더덕은 어디에다 집을 짓는지

꿩은 어디에 알을 낳고

다람쥐는 어디다 도토리를 숨기는지

할아버지 산지기는 눈 감고도 산 전체가 훤하다

돌보는 산은 원래 할아버지 산지기네 것이었다

할아버지 산지기가 열다섯 살 때

아버지가 나무에 올라가 벌집을 따다가

떨어져 반신불수가 되어 살림이 어려워지자

큰아들인 그가 무보수 산지기가 되기로 하고

그 대신 가족이 살던 산자락 집에

그대로 눌러사는 조건으로

쌀 세 가마에 산을 팔았다

그때부터 할아버지 산지기는

다니던 중학교를 그만두고 산지기가 되어

동생 세 명과 부모를 거느린 가장이 되었다

틈틈이 아랫마을 방앗간에서

쌀가마를 쌓고 옮기는 일을 하고

이집 저집 논과 밭에서 품팔이를 했다

산이 남의 이름으로 넘어간 뒤 육십 년 동안

산은 삼십 가마, 백 가마, 천 가마, 만 가마……

십여 번이나 되팔렸다

주인들 중엔

산을 한 번만 둘러본 사람도 있고

산을 보지도 않고 사서 서류만 넘겨받고

다시 되판 사람도 있다

할아버지 산지기는 주인이 누가 되든 아랑곳없이
여전히 산을 자신보다 더 보살피며 사랑했다
그 사이 부모님도 돌아가시고 동생들은 출가하고
자신도 장가들어 아들딸 낳아 길러 분가시켰다
말없이 일만 하던 부인도 얼마 전 세상을 떠나
그는 이제 홀로 남았지만
보고 또 봐도 좋고 어여쁜 산이
자신을 품고 있어 외롭지 않았다
산과 살다 산에서 죽어 산에 묻혀
영원히 산과 함께하고 싶었다
그런데 보름 전 처음 보는 남자가 나타나
자기가 산의 주인이라며 등기권리증을 보여주고
산을 깎아 물류센터를 지으려고 하니
산을 떠나라고 했다

나무, 풀꽃, 산새, 고라니, 토끼, 다람쥐 어쩌고
태초부터 마을을 안고 있는 산을 죽인다니
할아버지 산지기는 눈앞이 캄캄하다

그때 조금만 더 나이가 많았어도 쌀 세 가마에
아니 쌀 백만 가마를 준대도
결코 산을 팔지 않았을 텐데
안 돼 안 돼 절대 산을 죽여선 안 돼
할아버지 산지기는 울부짖으며
왕 소나무에 자신의 몸을 꽁꽁 묶었다

할아버지 산지기가 눈을 뜨니
이장과 동네 사람들이 굽어본다

큰일 날 뻔했어요
마침 제가 어머니 생일국 같이 드시자고
산에 올라가 봤으니 망정이지
걱정 마세요
할아버지네 산이 없으면 장마에
우리 마을이 휩쓸려가요
우리 모두 함께 산을 지킬 겁니다
환경청에 환경영향평가를 의뢰하러

마을 청년들이 갔어요

할아버지 산지기의 눈에서 눈물이 주르르 흘러
병원 침대 시트를 적신다

제3부

시인

시

깊고 먼 그 이름이다

바람 바람꽃이다

발아래 있는 하늘이다

아름다운 독이다

날마다 되돌아가는 고향이다

그 흔들림 속에 가득한 하늘이다

숲 거울이다

만날 수 없는 희망이다

희망이 부르는 소리다

눈사람이다

시인

끊임없이 어둠을 뚫는
뿌리의 노래를 새기는
항상 씨앗의 꿈을 꾸는
해와 달을 부어 키운 시 나무로
세상의 아픔을 사르는
죽은 사람, 산 사람, 올 사람
모두 함께 천년만년
풀잎의 말로 속삭이며 춤추고 싶은
사람

때론
바람이다가 구름이다가 번개이다가
별이다가 냇물이다가 조약돌이다가
다람쥐이다가 나비이다가 귀뚜라미이다가
반딧불이다가 새이다가 겨울나무이다가

종내는
소리 없이 우는
풍경

바다를 사랑한 동백나무

동백꽃 뚝 뚝 뛰어내리네
바다의 가슴에 동백꽃 피네피네

바위산 절벽에 뿌리내린 동백나무
평생 바다만 보고 산 동백나무
밤이나 낮이나 바다의 노래를 듣는 동백나무
바다의 눈물과 환희를 다 알고 있는 동백나무
바다가 슬플 때는 안아주고 싶어
팔을 뻗고 또 뻗어보지만 닿지 않아
애가 타는 동백나무
바다가 기쁠 때는 함께 소리치고 싶으나
입이 없어 서러운 동백나무
동백나무의 사랑이 익고 익어 핀
동백꽃

동백꽃 뚝 뚝 뛰어내리네
바다의 가슴에 동백꽃 피네피네

얼어 죽은 물총새의 푸른 날개

언 강 위에
반짝이는 푸른 날개를 쫙 편 채
죽은 물총새

여름 철새 물총새는
제가 태어난 무성한 여름 숲에
물고기가 가득한 맑은 여름 강에
겨울이 온다는 것을 몰랐을까
왜 남쪽 나라로 가는
물총새 무리를 빠져나와
텃새가 되려 했을까

미처 미래세계를 통찰하지 못한 죄
엄마 새의 지혜에 기대지 못한 죄
새는 새무리 속에서 새이고 세상임을
모른 죄
미처 얼지 않은 얼음 구덩이에
총알처럼 뛰어들어 물고기를 물고 와

겨울 나뭇가지에서 허기를 달래던 물총새는

마침내 다 얼어버린 강을 깨려

온몸으로 사투하던 물총새는

제 죄를 울었을까

아니면 끝끝내 겨울과 맞서며 본

제 푸른 날개 빛 같은 자유를 울었을까

햇빛에 반짝이는 얼어 죽은 물총새의

푸른 날개가 시리다

생이여!

단풍

하늘 깊숙이 반짝이는 단풍
눈과 가슴을 덮는 단풍
마음을 적시는 단풍

단풍이 들어 단풍이 들어
단풍이 든 숲길 따라
단풍 바람에 흔들리며
단풍이 어루만지는 발자국 남기고
떠나간 사람

폭풍의 땅 부모의 아들 단풍 길
한 여자의 남편 단풍 길
삼남매의 아버지 단풍 길
여섯 손자의 할아버지 단풍 길
가난한 이웃의 친구 단풍 길
팔십 평생 단풍이 든 몸
단풍 고운 길 따라
갑자기 가버린 사람

하늘 길에 단풍 아롱지다

숫원앙의 노래

너를 사랑하기 위하여
내 깃털을 더 아름답고 더 부드럽게
다듬고 또 다듬는다
너를 향해 뜨겁게 파도치는
내 마음의 오색 빛깔을
내 깃털에 채색한다
나를 봐다오
오롯이 너를 향하여
연꽃보다 아름다운 모습으로
물 위에 떠 있는
나를 봐다오
내게로 와
내 몸에 울긋불긋 깃털로 쓴
평생을 읽어도 다 못 읽을
너를 향한 연서를 읽어다오

전복 껍질

겉만 보지 마라

죽어서 빛나는 전복

못생긴 검은 육신 벗어버리니
남은 껍질 안쪽
남몰래 가꾸어온
빤짝이는 아름다운 세계
바다에 씻기고 씻기면서도
한 생애 사랑과 슬픔을 승화한
영혼의 기록일까
에나멜 순백의 껍질에
은은한 초록, 분홍, 파랑 빛
문자로 쓴 시일까
물감으로 그린 추상화일까

제 살을 파먹는 사람을
죽음으로 굴복시키는

예술적 메시지

고운 내면의 빛

겉만 챙기지 마라

집념의 수학자

어려서부터 수학을 좋아한 그
풀리지 않는 수학에 도전한 그
결혼도 안 하고 여행도 못 하고
연구실과 집만 오가며
책상 앞에 앉아 밤낮으로
풀리지 않은 수학을 푸는 사이
까만 머리는 흰 머리가 되었다
풀릴 듯 풀릴 듯 풀리지 않는
수학을 풀다 수학 공식에
머리 박고 쓰러진 그
병원에 실려 가면서
조금만 더 시간이 주어진다면
꼭 풀 수 있는데
들릴 듯 말 듯 중얼거리는 그

하늘은 그에게
월계관을 씌우리

황태 덕장을 지나며

명태가 떼로 걸려
눈을 쓰고 겨울바람을 맞으며
얼었다 풀렸다 반복하며
황태가 되고 있는 덕장을 보며
왜 나는 슬퍼지는가

명태는 낯선 세상에 묶여
무엇을 보는가 생각하는가
오직 바다만을 되새기는가
바다의 기억을 지우고 있는가

어제는 황태구이를 먹고
오늘은 황태국을 먹은
나
줄지어 걸려 있는 명태들에
미안하면서도
다시는 명태를 먹지 않겠다는 말
건네지 못하고 돌아서는
서러운 존재

김유정 문학관

두 번째 들렀는데도 여전히
김유정이 폐결핵으로 죽기 열하루 전
친구에게 쓴 편지가
나를 못 박는다.

살고 싶다고
닭 서른 마리만 고아 먹으면
병이 나을 거라고
탐정소설 번역해서 갚아줄 테니
돈을 빌려달라는
편지

돈 돈 돈
돈을 부르는
김유정의
다급한 목소리가
절박한 손이
눈물 솟는 눈동자가
나를 조인다

나비 시인

나비 시인이 날아와
내 가슴에 앉는다

손톱 발톱 이빨 없이
오직 두 날개로
허공에 아름다운 문양을 놓고 지우는
나비 시인

어느 시집이든 찾아오면
처음부터 끝까지 꼼꼼히 읽으며
노트에 감동한 시 구절 기록하고
모르는 시어 일일이 사전에서 찾아 쓴 후
백지에 가장 자신을 울린 시 한 편
펜으로 꾹꾹 눌러 쓴 후
여백에 빼곡히 감동한 시
제목과 쪽 번호 나열하고 시평을 써서
폐지를 접어 만든 편지봉투에 넣어
시집 저자에게 보내주는
그 봉투에 함께 온 나비 시인이
가문 내 시밭을 적신다

바다 시인

바닷가 마을에서 태어나
바다를 보고 산
바다 시인
바다와 이야기를 주고받고
바다의 눈물을 씻겨주며
바다와 함께 웃고 우는
바다 시인
마침내 바다가 되어버린
바다 시인

바다 시인의 가슴 속 바다도
매일 해를 뽑고 품으며
수평선 너머 먼 바다가
시를 읊는 소리 들려
하루에도 열두 번 배를 타고 달려가는
바다 시인
밤이면 먼 별들이 내려와
쪽배를 타고 시를 낭독해

잠 못 이루는
바다 시인

바다가 등단시킨
바다 시인

눈멀고 귀먹은 찔레나무

그 여인은
찔레나무를 딸로 삼고
온 정성으로 길렀다
때맞춰 물 주고 거름 주며
김매고 벌레 잡아주며
예쁘다 예쁘다
속삭였다 노래했다

찔레꽃이 피었다
사랑스럽고 대견하여
찔레꽃을 쓰다듬는 그 여인을
눈멀고 귀먹은 찔레나무는
여지없이 가시로 찔러버렸다

그 여인은
독이 퍼져 죽어가면서도
이제 누가 돌봐줄까 걱정하며
찔레나무를 바라보고 또 바라본다

유기견 토리가 반짝인다

이 년 전 식용으로 도살되기
직전 구출되었지만
검은색에다 잡종이라 입양이 안 되어
동물권단체에서 보호하고 있던
네 살배기 강아지 토리가
마침내 청와대로 입양되었다

곳곳에서 버리고 간 주인을
한없이 기다리는 강아지들

유기견을 돌보는 손에
해바라기 피어라
유기견에게도
보호받을 권리를
법으로 보장하라

입양한 대통령의 품에 안긴
토리가 반짝인다

제4부

하늘을 보아야 꽃이 핀다

하늘을 보아야 꽃이 핀다

큰 나무들이 새순 내어
하늘을 가리기 전
서둘러 핀 진달래꽃
꽃샘추위에 떨며
하늘에 얼굴 부비는 진달래꽃
애처롭고 아린 꽃빛이여

하늘을 못 봐
꽃 못 피운 나무들 풀들
말라죽은 나무들 풀들

하늘은 마냥 넓고 넓은데
하늘은 만물이 꽃이 되게 하고 싶은데
하늘과 만물 사이를 가로막는 그늘이
꽃을 삼키는 한낮
하늘과 풀, 나무를 가리는 큰 그림자가
꽃의 명을 키우는 세상

촛불 꽃 마음 꽃

어둠이 싫어 어둠이 싫어
빛이 그리워 빛이 그리워
광장에 가득 핀
촛불 꽃 촛불 꽃 촛불 꽃
마음 꽃 마음 꽃 마음 꽃
비를 맞아도
꺼지지 않는 촛불 꽃
눈보라 쳐도
활활 타는 마음 꽃
살라살라 어둠을 살라
태워태워 어둠을 태워
빛을 부르는
천만 촛불 꽃 억만 촛불 꽃
천만 마음 꽃 억만 마음 꽃
어둠을 넘어
어둠 너머 빛을 몰아오는
어둠을 넘어
어둠 너머에 빛의 나라 세우는

광장에 만발한

촛불 꽃 마음 꽃

봄을 이기는 겨울은 없다

처마 끝 긴 고드름에 바람이 잘리고
눈꽃들과 몸 부비며 즐기던 소나무
얼음덩이로 바뀐 눈꽃에 가지 찢긴
꽁꽁 언 겨울
폐지 주우러 다니다 미끄러져
다리 부러진 할머니 싣고 달리는
구급차 소리 울리는 겨울
눈 무게에 눌려 부서진 비닐하우스 속
푸른 잎새들 신음하는 겨울

언 가슴, 언 손, 언 발, 언 눈이여
아무리 무서운 겨울일지라도
오는 봄에는 결국 손을 들고 마느니
견디고 견디자
기억하고 되새기자

떨기나무 불꽃을 본 모세들

떨기나무 불꽃을 본 사람이

이스라엘인 모세뿐이랴

호렙산 떨기나무 불꽃 앞에 신발을 벗고

이집트에서 억압받는 동족을 구해

가나안 땅으로 가라는 음성을 들은 이가

이스라엘인 모세뿐이랴

힘없어요 두려워요 말주변 없어요

그냥 양이나 치고 귀 막고 눈 감고 살고 싶어요

겁나고 도망가고 피하고 싶어 하소연하다

어느덧 가슴에 옮겨붙은 떨기나무 불꽃 때문에

고통하는 동족을 자유의 땅으로 탈출시킨 이가

이스라엘인 모세뿐이랴

세계가 열린 이래

어둠에 신음하는 이들에게

떨기나무 불꽃을 본 모세들이

위로와 빛을 주었으니

헬조선에서 떨기나무 불꽃을 본

모세들의 대행진에

농부 할아버지 모세 한 분

쌀값 폭락 농민들의 어려움 호소하고

젊은 모세들의 울타리가 되어주려다

공권력의 정조준 물대포에 쓰러져

뇌출혈로 의식 잃어 뇌수술 받고

300여 일이나 사투하다 영면했는데

사망진단서에 외인사를 병사라고 적은

대한민국 최고 병원 뇌신경외과 과장 의사

사고 이후 사과 한마디 없이 수사도 않던

공권력이 부검을 하겠다니

농부 할아버지 모세의 시신을 지키려 모여든

1000여 명의 시민 모세들

사망진단서가 배운 것과 틀리다고

스승들에게 길을 묻는 공개 편지를 낸

의과대학생 모세들

사망진단서가 의료 원칙에 어긋난다고

공개 성명을 낸 의사 모세들
가족과 협의 없는 부검은 위법이라고
성명을 낸 변호사 모세들

떨기나무 불꽃을 본 모세들 있어
마침내 마침내 헬조선에 해가 뜨리
외인사 농부 할아버지 모세
고이 영면하고 다시 살아 영원히
떨기나무 불꽃 되리

억울한 사람들 사라지고
모든 사람이 꽃이 될 때까지
떨기나무 불꽃은
세상 곳곳에서
모세를 부르고 또 부르리

붉은 닭의 해를 맞아

육십 년 만에 찾아온
쇠도 녹인다는 붉은 닭의 해엔
내 나라 사람들이 모두
행복해졌으면 좋겠다

"대한민국은 민주공화국이다"
"대한민국의 주권은 국민에게 있고
모든 권력은 국민으로부터 나온다"
대한민국 헌법 1조 1항, 2항이
모든 사람에게 새삼스럽지 않은
상식이고 일상이었으면 좋겠다
이 법을 잘 지키며
국민을 사랑하고 아끼며 존중하는 미쁜
대통령을 보았으면 좋겠다
권력을 절대로 사리사욕에 쓰지 않고
국가적 재난이 발생하면
집무실에서 일하다가 바로 사령탑을 작동하여
위험에 처한 백성을 재빠르게 구하는

부지런하고 따뜻하며 정직하고 겸손하며 소박한
대통령을 보았으면 좋겠다

무궁화 나라에
거짓은 사라지고
오직 진실만이 빛났으면 좋겠다
모든 사람들이 해님이 되었으면
좋겠다 좋겠다

통곡하는 오키나와 한국인위령탑*

식민지 조선 청년 일만 명이나 강제징집하여

위협으로 폭탄을 짊어지고

미군 전차에 뛰어들어 폭사하게 만들고

총알받이로 세워 학살한

전범 일본이 70년이 훌쩍 지나도록

진실을 감추고 침묵하고 있어

한국인위령탑은 억울하고 원통해서

잠들지 못하고 통곡하고 있다

고국이 고향이 그리워

가족이 보고 싶어

눈물 솟아

잠들 수 없어 통곡하고 있다.

"한국의 돌로 온 민족의 이름으로 탑을 세워

명복을 비오니 편히 잠드소서"

라고 조국에서 비문 새겨주었지만

숨겨진 모든 조선 전사자들의 진상과 이름 밝혀져

합동 위령탑 진실 위령탑 될 때까지는

한국인위령탑 313명 넋들은 쓰라리고 아파

결코 자신들만 잠들 수 없어 통곡하고 있다

천명 가난한 조선 처녀들 취직시켜준다고 속여

끌고 와 강제로 일본군 위안부로 짓밟고도

아직도 숨기고 참회하며 사과하지 않는

일본이 화나서도 통곡하고 있다

* 한국인위령탑은 2차 세계대전 때 일본에 강제 징병되어 오키나와
  마부니 언덕 전투에서 희생된 한국 청년 313명(당시 소문으로는 1
  만 명)의 원혼을 위로하기 위하여 오키나와 한국 교포들이 모금하
  여 땅을 사서 한국 정부에 기증하고 한국 정부가 1975년에 한국 방
  방곡곡에서 돌을 가져다 세운 것이다.

바람 너는 누구냐

바람이 굴리는 낙엽 한 잎

가을 햇빛 금가루로 쏟아지는 금잔디
국화 곁에 머물고 싶은데
바람은 쓰레기 더미로 데려간다
거기 누구 없어요? 없어요?
다급하게 사방을 둘러보며
도움을 청하지만
아무 대답이 없다
잡아주는 손이 없다
바람 뜻대로 흔들리는 목숨
맺은 꽃마저 떨어뜨려
나비도 벌도 못 만난 생애
옆 가지 잎은 열매를 주렁주렁 매달아
나날 노래하며 살다
소녀의 책갈피에 끼었건만
바람은 줄곧 의지와 희망을 잘랐다

바람이 몰고 가는 낙엽 한 잎

너무 늦게 찾아온 비

30년 만의 가뭄에
말라죽은 나무
새봄도 못 건너고
낙엽을 떨군 나무
너무 늦게 찾아온 비가
온몸을 적셔주며
미안해 미안해
살아나라 살아나라
바람 탓에
빨리 못 왔다
애통하여 속삭이지만
묵묵부답 기척이 없다

모든 목숨은 물을 먹어야 할
때가 있는 것

심술쟁이 바람아
세상 목마른 나무와 풀을 찾아가는
비구름의 길을 막지 말아다오

살아 반짝이는 당신은 경이로운 존재

장엄한 고목을
불개미 떼가 쓰러뜨렸다
무성한 이파리가 윤나고 어여뻐서
바람이 노래하며 입 맞추는 감나무가
홍시감이 너무 맛있어
동네 아이들 몰려와 침을 삼키는 감나무가
불개미 떼가 밑동을 갉아 먹어 죽어버렸다

숙주를 파먹는 것이
눈에 보이는 불개미뿐이랴
눈에 보이지 않는 것들도
숙주를 찾아 식탁을 차려대는 세상에서
지금 살아 반짝이고 있는 당신은
얼마나 신비하고 경이로운 존재냐
평생 생명의 존엄을 지킨 당신은
얼마나 복된 삶이냐

저녁놀이 오늘도

쓰러진 목숨들을 내려다보다

어두워진다

부부젤라를 불자

호랑이, 늑대, 곰이
마을과 소를 호시탐탐하거든
총 대신
우리 모여 부부젤라를 불자

아프리카에서는
사자가 나타나면
총을 쏘지 않고
사람들이 모여
북을 치고 부부젤라를 불어
사자를 쫓는다
소와 마을을 지키고
사자와 자연의 안녕을 위하여
요란한 플라스틱 나팔
부부젤라를 분다
수시로 사자의 이동경로를 파악하여
사자를 피하며 함께 공존한다

맹수가

사람과 소의 평화를 깨려거든

총 대신

우리 모여 힘껏

부부젤라를 불자

지진이 났다

20층 아파트 책상 의자에 앉아 있는데

무릎과 다리가 묘하고 미세하게 떨려

지진?

순간 나도 모르게 지진이란 말 튀어나왔으나

무슨 소리!

바로 지진이란 말 깔아뭉갰다

그런데 밤 8시 TV를 켜니

정말 경주 부근에서 밤 7시 52분에 진도 5.1

지진이 발생했다는 속보

내 생애 처음 보는 우리나라 큰 지진

다시 40분 후에 본진 진도 5.8

다시 일주일 후 밤 같은 시간대에 진도 4.5 지진

그동안 여진 400여 차례

몇 개의 잠자는 단층이 몰려 있는 사이

양산 단층이 깨어났단다

그 단층 위로 원전이 몇 개

세계에서 가장 큰 원전 밀집지역

원전 주변 30km 안에 350만 인구

단층이 있는 것을 알면서도 그 위에
원전과 핵폐기물장을 만들었다니
원전 내진 설계보다 더 큰 지진이
올 수도 있다는데

체르노빌과 후쿠시마 원전 폭발이
자꾸만 어른거려

지진이 났다 우리나라에
지진이 났다 내 마음에

서서평

꽃이네 어머니네
사람들 마음에 피어 지지 않는
사람 꽃 어머니 꽃

식민지 조선 가난한 백성
여자들, 과부들, 어린이들, 한센인들, 광부들
사람대접 못 받고 비참하다는 말에
병들어도 치료 못 받는다는 말에
서슴없이 찾아와 몸과 마음을 다해
섬기고 치료하며 아픔을 함께 한
독일계 미국인 간호 선교사

처녀의 몸으로 14명 고아들을
자식으로 입양하여
키우며 교육시키고 결혼시킨 님
편하고 위생적인 선교사 숙소 버리고
한옥에서 한복 입고 조선 사람 되어
22년간 오갈 데 없고 고통 받는 사람들을

품어주어
나이가 많으나 적으나 어머니로 부른 님
간호학교와 신학교를 세워 인재를 양성한 님

끝내 과로와 영양실조로 병에 걸려서도
마지막까지 사랑을 베풀다
죽어서도 자신의 몸을 의학용으로 기증한 님
남은 건 반쪽 담요, 동전 일곱 개, 강냉이 두 홉
최초 광주 시민 사회장으로 치른 장례 행렬엔
수많은 사람들이 어머니 어머니 부르며
울며 애통해하며 따랐다는

님은 내가 태어나기 훨씬 전 떠났지만
오늘도 살아 내 마음 길을 천천히 걸어가며
내 눈물에 젖네

미안하다 미안하다

조류독감 번져
산 채로 떼로 자루에 담아
구덩이에 던져 매장한
닭들아 오리들아
구제역 덮쳐
구덩이에 트럭으로 쏟아붓고
흙더미로 덮어버린
돼지들아
살겠다고 살고 싶다고
버둥대며 지르던 비명 소리
꿈길에도 끝없어라 아파라
귀하지 않은 생명 어디 있으랴
너희들의 절망을
속수무책 보고만 있은 나
용서하지 말아라
미안하다 미안하다
억울하고 억울한 목숨들아
부디 극락왕생하여라

제5부

일흔두 번째 봄

자작나무 숲에 망명하다

발도 무릎도 성치 않은 나를
오라오라 부르는 소리 끊임없어
드디어 너를 찾아가는 길
끊어질 듯 숨이 끊어질 듯
터질 듯 가슴 터질 듯
오르고 오른 산길
마침내 만난 너
아름다워라 눈부셔라
하얀 나무들의 숲
천사들의 마을인가
평화의 나라인가
성자들의 사원인가
얼마나 사랑이 넘치면
온몸에 하얀 꽃 피었을까
하늘도 내려와 기댈까
어느덧 내 안의 나는
자작나무들의 그윽한 눈빛에 빠져
자작나무 나라에 망명하여
한 그루 자작나무로 선다

바다 앞에서

내가 버린 꿈이
내가 포기한 희망이
내 손을 잡고 싶어
바다를 밀고 밀며
하얀 손수건을 흔들며
흰 옷자락을 펄럭이며
내게로 달려오고 있다
몸부림치며 애원하며
나를 부르고 있다

어찌 너를 잊었으랴 잊으랴
그러나 너와 나 사이
바다는 너무 깊고 넓으며
내 뒤엔 탈 수밖에 없는
다시는 돌아오지 않을
기차가 오고 있다

꿈이 희망이

잡힐 듯 안길 듯하여 들뜬

푸른 나는 어디 가고

쫓기며 애달프고 막막한

하얀 나만 서 있는가

어머니가 지어주신 목화솜 이불

언젠가 장님이 될 거라는 의사의 말에
보이는 모든 것이
별이 되고 꽃이 되어
내 눈을 찔러댄다

쓰리고 아파서 울고 울다가
사십오 년 전 결혼할 때
어머니가 지어주신 목화솜 이불
이불장 깊숙이 잠자던 목화솜 이불
꺼내어 처음으로 솜을 타서
깔고 덮는다
포근한 어머니 품에 안긴다
돌아가신 어머니의 목소리 들린다

두려워 마라
눈을 감아도 내가 보이잖아
보이는 동안 본 것들을
감사하고 사랑하며

마음의 솜틀에 틀어

마음의 빛으로 보며

마음의 백지에 시를 쓰거라

일흔두 번째 봄

또다시 왔다 만났다
일흔두 번째 봄

나는 밉고 초라해졌어도
변함없이 해마다 찾아와
나를 사로잡는 너

언 땅을 뚫고 상사화 새싹으로 솟아
나를 부르다가
산수유꽃, 진달래로 와
내 마음의 현을 울리다가
매화, 할미꽃, 제비꽃, 개나리, 수선화
목련, 산당화, 벚꽃, 살구꽃, 배꽃……
가지가지 꽃으로
나를 나비 되게 하는 너

네 눈동자를 바라보며
네 심장 소리를 듣고 있으면

나는 여전히 만년 소녀

일흔두 번째나 봄에 빠졌으니
이 축복을 어이하랴

우러를 손 만나고 보니

뜻밖에 물에 빠져

물 먹고 허우적거릴 때

공포로 발은 마비되어

어처구니없이 죽음이 덮칠 때

순간 뛰어들어

나를

땅 위로 밀어 올려준 손

사라지는 세상을

다시 코앞에 놓아준 손

나를 다시금 햇빛에 반짝이게 해준 손

우러르고 우러를 손

만나고 보니

사람이

백 촉 백열등처럼 환해진다

아름답다 눈부시다

천지 사방에

자꾸만 꾸벅꾸벅

절한다

아까운 날이 간다

하루가 간다 뛰어간다
봄이 오는가 싶으면 어느덧 여름 가을
벌써 겨울이 온다

하루하루를 보람되며 새롭고
특별하며 기쁜 일로만 채우고 싶은데
한없이 키를 키우고 마음을 넓히고 싶은데
하루하루가 나를 밀어내며
덧없이 간다 허망하게 간다
슬프게 간다 아프게 간다
비참하게 간다 화나게 간다

간다 간다 날들이 간다
나를 거들떠보지도 않고
특급열차마냥 비행기처럼
아까운 날들이 속절없이 간다

네 절망이 보일 때

내가 절망에 빠지고 나서야
네 절망이 보이다니
이렇게 무섭고 막막했구나
이제라도 내 눈물로
외로운 너의 손을 적시려
손을 뻗어보지만
허공만 잡힌다

삶의 밤은 길고 깊어라

하루에 백 번 손을 씻는 나를
평생 폐렴 예방 주사를 맞은 나를
기습한 폐렴균이
내 몸에 불을 질러
쉴 새 없는 기침과 숨 막힘으로
가슴이 터지려 해
다급하게 불덩이 손을 들어
허공을 부여잡자
허공마저 나를 뿌리친다
나를 공략한 적군을 향한
나의 처절한 저항

아무리 정신을 차려도
소리 소문 없이 들이닥쳐
남의 몸과 마음을 파먹고 사는 것들이
판치는 세상

무겁고 두려운 생이여
삶의 밤은 길고 깊어라

봄을 부르는 꽃 친구

소한 지나 대한 앞둔 한겨울
남쪽 지방에 사는 친구가
자기 집 눈 내린 정원에 핀
연보랏빛 꽃을
카톡으로 보내왔다

꽃 이름을 몰라
"봄까치 꽃"
이라고 이름을 붙였단다
"봄을 부르는 꽃"
이란 뜻이란다

들여다보니
눈물 난다
따뜻해진다
겨울이 두렵지 않다
힘이 솟는다 꿈꾸고 싶어진다

꽃과 친구의 얼굴이 겹친다

친구야 네가 바로
겨울 산골마을에 핀
봄을 부르는 꽃이구나

아무리 겨울이 두터워도
저 들, 저 거리, 저 광장에
간절히 봄을 부르는 꽃이 있으니
결국 녹지 않을 겨울이
어디 있으랴

외로운 꽃

어미의 영토를 떠나
먼먼 나라 외진 거리
아무도 아는 이 없는
낯선 집들 틈에
뿌리내린 꽃이여

홀로 쓸쓸히
바람에 흔들리는 꽃이여

꽃이 지고나면
낙엽의 계절을
어찌 맞으랴
삭풍의 대지를
어찌 견디랴

장대비가 내린다

장대비가 내린다

너는 지금 어디 있느냐
산길을 가다 나무 밑에 서서
불어나는 계곡물에 겁먹고 있느냐
빈 들에서 주룩주룩 비를 맞으며
나를 부르고 있느냐
어느 집 처마 밑에 서 있다
마음씨 좋은 집주인 만나
따뜻한 차 한잔 대접받고 있느냐
비에 목 꺾인 꽃을 주어 품고
자장가를 부르며
내게로 오고 있느냐
세찬 물살에 휩쓸리었느냐

내 마음에도
장대비가 내린다

겨울의 입구에서 님에게

볼품없이 초라해진 나를 여전히 바라보고
나도 지겨운 내 신음소리에 귀를 기울이며
나를 걱정하는 님
고맙습니다

연둣빛 이파리 흩날리며 꽃을 피우다
초록 잎사귀 반짝이며 씨를 맺고
어느덧 활활 타던 단풍잎마저 떠나버리고
나는 겨울의 입구에 선 일년초
세월은 단거리 달리기 선수 같아
지난 삶이 하루살이였던 것만 같습니다

극심한 병충해와 가뭄과 홍수로
몇 번 죽을 고비를 넘기고 살아와
피할 수 없는 적막하고 두려운 순간에 이른
나를 지켜주는 님
얼마나 위로가 되고 힘이 되는지요
어쩌다 우리가 화내고 토라지기도 했지만

그것도 사랑이 아니었겠습니까

이제 우리가 짙푸른 잎새로
다시 서로를 다독거릴 수 없지만
아직 마른 줄기로나마 남아
바람에 흔들리면서도
같은 하늘을 이고
남은 시간의 아름다움을 위하여
인내하며 기도하고 있음은
실로 큰 행운이 아닐 수 없습니다

기쁠 때나 슬플 때나
나와 함께 한 님!
감사합니다

그리운 집

빨리 병원에 가야 산다던
팔십삼 세 언니가 병원 응급실에서
혈압 수치가 60에 30으로 기록되자
바로 이동 침대에 누워 긴급 검진하고
중환자실에 입원하자
집에 가고 싶다고
집에 가야 살 수 있다고 보챈다
비몽사몽 급박한 날을 보내며
문병 온 가족을 볼 때마다
숨이 차 헐떡이며 간절히
집에 데려다 달라고 호소한다
몸에 주렁주렁 연결된 호스를 보며
죽기가 왜 이렇게 어렵냐고
집에 가야 편히 죽겠다고 애원한다

집 집 집 사무치는 집
쉬고 일하며 꿈꾸는 집
힘과 사랑과 희망이 솟는 집
그러나 죽으면 나와
다시는 돌아갈 수 없는 집

별의 꿈

햇빛 샘물 벼인

내 가족 품은 세상

꽃 기르고 물 주다

흙으로 가면

배추꽃 무꽃 부추꽃으로 피다가

시냇물로 바람으로

세계를 닦다가

마침내 내 별자리로 돌아가면

밤마다 못 잊을 지구별

사람, 집, 마을, 들, 산천

어루만지는

별이 되리

생명의 씨앗, 혁명의 씨앗

이경수

1.

자연에서 서정을 발견하는 우리의 현대시 독법은 오랫동안 편향되어왔다. 생명의 순환과 지속성은 한편으로는 죽음을 이겨내고 새 생명을 불러오는 혁명적인 자리이기도 한데, 생각해 보면 우리의 전통 서정시에서는 변혁의 힘을 제거하거나 은폐한 채 인간사에 대한 유비로 자연을 읽어내거나 생명을 찬양하거나 신비화하는 데 치우쳐 있었던 것도 같다. 차옥혜 시인의 열두 번째 시집을 읽으면서 처음 들었던 생각은 이런 것이었다. 이 시집이 그리고 있는 자연 서정의 힘은 씨앗의 생명력이 지닌 아름다움과 온기에도 있지만, 그것이 지닌 변혁의 힘을 잊지 않고 기억하고자 하는 데도 있었다. 자연의 위의와 아름다움에 감탄의 눈길을 주면서도 이 시집이 생활 현실의 고단함과 신산함을 놓치지 않는 까닭은 여기에 있다. 어쩌면 차옥혜의 시는 신동엽의 시가 지니고 있었던 대지의 생명력을 섬세하고 아름답게 계승하고 있는 시라고도 말할 수 있을 것 같다.

씨앗의 존재론이라고 부를 만한 이번 시집에서 차옥혜의 시는 따뜻하고 섬세하고 단단한 언어로 치유의 노래를 들려준다. 찬란한 생명을 틔울 씨앗처럼 목숨을 살리는 시를 쓰고자 하므로 차옥혜는 어머니의 마음이자 농부의 마음으로 시를 쓴다. 씨를 뿌리고 생명을 기르는 마음으로 존엄한 생명에 경이로운 눈길을 주며 공들여 쓰는 차옥혜의 시를 읽다 보면 서정시가 지닌 가능성을 문득 믿고 싶어진다. "눈에 보이지 않는 것들도/숙주를 찾아 식탁을 차려대는 세상에서/지금 살아 반짝이고 있는 당신은. 얼마나 신비하고 경이로운 존재"인지, "평생 생명의 존엄을 지킨 당신은/얼마나 복된 삶"(「살아 반짝이는 당신은 경이로운 존재」)인지 아는 시인은 생명을 귀히 여기는 마음으로 이번 시집을 묶었을 것이다. 「지진이 났다」에서도 드러나듯이 생명과 자연 생태계를 소중히 여기는 그 마음은 때론 지진을 두려워 할 줄 아는 마음으로 표현되기도 한다. 자연을 두려워할 줄 안다는 것은 그만큼 생명을 이해하고 있다는 뜻이기도 할 것이다.

2.

차옥혜의 이번 시집에서 우선 눈에 띄는 시는 자연을 노래한 시들이다. 온갖 꽃과 나무와 풀 이름이 등장하는 차옥혜의 시를 읽다 보면, 시를 읽으면 조수초목의 이름을 알 수 있다고 시의 효용성을 제자들에게 역설했던 공자의 말이 자연스럽게 떠오른다. 차옥혜의 시는 꽃 이름, 나무 이름, 풀 이름을 알려주는 것은 물론이고 여전히 우리가 자연으로부터 배울 것이 적지 않음을 일러준다.

자연은 시인에게 여전히 경이의 대상이다. "개나리 덤불이/노란 꽃 기차를 몰고 가"고 "노랑나비/너울너울 춤을 추며 따라가"는 봄 풍경은 시의 주체의 몸과 마음을 덩달아 움직이게 한다. "나도/노랑 꽃물 들어 둥둥 함께 가"(「봄길」)는 모습에서 봄 풍경과 하나 되어 어울리는 시의 주체의 합일의 경지를 읽을 수 있다. 벌써 "일흔두 번째나 봄에 빠졌"음에도 "네 눈동자를 바라보며/네 심장 소리를 듣고 있으면/나는 여전히 만년 소녀"(「일흔두 번째 봄」)라고 시의 주체는 수줍게 고백한다.

붓꽃, 마거리트, 난초, 능소화, 작약,
하늘나리꽃, 백합, 빈카마이너, 장미……
꽃가마 타고 유월이 왔다
감, 호두, 은행 나무들 아기 열매를 품고
소나무 새순들 하늘 향해 키를 키운다
논에는 어린 모들이 연둣빛 물결인 양 넘실대고
밭에는 당근, 가지, 풋고추, 상추, 취, 쑥갓
얼갈이, 케일, 아욱, 호박잎, 고구마순……
쑥쑥 자라 흙을 빈틈없이 덮어버린다
콩밭엔 서리태 모종들이 세상을 기웃거리고
팥, 녹두는 떡잎을 내민다
모든 풀과 나무들이
태양의 달 칠팔월을 꿈꾸며
설레는 유월
산자락 무덤도 새 잔디에 둘러싸여

쓰레기 더미조차 새 풀잎에 덮여
빛나는 아름다운 유월
어느 사람인들
초록빛으로 물들어 반짝이며
저 들녘에
희망 하나쯤 심지 않았으리
제 가슴에
희망 하나쯤 품지 않으리
　　　　　—「초록 물들어 희망을 심는 유월」 전문

　여름 초입으로 들어서는 유월에도 생각보다 많은 꽃이 핀다. 붓꽃, 마거리트, 난초, 능소화, 작약, 하늘나리꽃, 백합, 빈카마이너, 장미 등등. 색깔도 다양하고 화려하다. 과연 "꽃가마 타고 유월이 왔다"고 할 만하다. "감, 호두, 은행 나무들"도 "아기 열매를 품고" 다가올 가을 준비를 하고 "소나무 새순들 하늘 향해 키를 키운다". 논과 밭에는 어린 모의 연둣빛 물결과 "당근, 가지, 풋고추, 상추, 취, 쑥갓" 등 각종 채소가 "쑥쑥 자라 흙을 빈틈없이 덮어버린다". 콩밭에도 서리태 모종과 팥, 녹두가 떡잎을 내민다. 푸릇푸릇 녹색의 "풀과 나무들이/태양의 달 칠팔월을 꿈꾸며/설레는 유월"이다. 생명을 지닌 식물들이 온 천지를 푸르게 뒤덮어버릴 것을 꿈꾸는 계절. 시의 주체는 "쓰레기 더미조차 새 풀잎에 덮여/빛나는 아름다운 유월"이라고 노래한다. 그의 말마따나 "초록빛으로 물들어 반짝이"는 "저 들녘"을 보며 희망 하나쯤 가슴에 품지 않은 사람이 어디 있겠는가. 생명을 지닌 존재들이 살아보겠다고 키를 키우고 자라는 유월을 시의 주체는 초록의 계절로, 희망을 심는 계절로 아름답게 그려낸다.

> 삼월에 사다 심은
> 대추나무 묘목 여섯 그루
> 사월 중순에 새싹 돋았는데
> 그중 한 그루는
> 지하수 퍼주어도 잠만 잔다
> 오월이 가고 유월이 가도
> 다른 묘목들은 꽃이 피는데
> 기적이 없다
>
> 긴 가뭄 끝에 삼 일간 장마 진 후
> 죽은 줄 안 대추 묘목에서 솟는 새순!
> 비가 살린 대추나무!
> 칠월 한여름에야 돋은 새싹!
> 반갑다 고맙다 신기하다
> 비야 감사하다 신비하다
>
> 목마른 초목들에 단비야 내려라
>
> 그동안 너무 일찍 포기한
> 목숨은 없었나
>
> ― 「비가 살리는 초목」 전문

나무를 가꾸고 농사를 짓다 보면 자연으로부터 자연스럽게 배우는 것이 생기게 마련이다. "삼월에 사다 심은/대추나무 묘목 여섯 그루" 중 다섯 그루에 사월 중순쯤 새싹이 돋았는데 유독 "한 그루는/지하수 퍼주어도 잠만" 잘 뿐 반응이 없었다. "오월이 가고 유월이 가도/다른 묘목들은 꽃이 피는데/기척이 없"어서 사실상 시의 주체는 한 그루의 생명을 포기하고 있었던 것으로 보인다. 그런데 예상치 못한 반전이 일어난다. "긴 가뭄 끝에 삼 일간 장마 진 후/죽은 줄 안 대추 묘목에서" 새순이 솟은 것이다. 비가 생명의 기척이 없던 대추나무를 살린 것이다. 포기하고 있던 한 그루의 대추나무에서 "칠월 한여름에야 돋은 새싹"이라니! 반가움과 고마움과 신기함이 겹쳐진다. 그래서 단비라고 하는구나, 새삼 깨달았을 것이다. 여기서 시의 주체는 문득 자신을 돌아본다. "그동안 너무 일찍 포기한/목숨은 없었"는지 스스로에게 묻는다. 자연이 일으킨 기적은 이처럼 시의 주체를 성찰하게 하고 성장하게 한다. 자연으로부터 얻는 배움에는 끝이 없다.

물에 대한 차옥혜 시의 예찬은 다른 시에서도 이어진다. "낮아지고 낮아져/세상 목숨을 떠받드느라/닳고 닳아져 저절로 하늘로 떠올라/구름이 되었다가/못 잊어 못 잊어/다시 비로 눈꽃으로/돌아오는 물"을 보며 시의 주체는 "꿈이여 님이여/나를 물이게 하여라"(「낮은 곳으로 흘러 돌아오는 물」)라고 기도한다. 낮은 곳으로 흐르는 물처럼 시인의 마음도 그렇게 낮은 곳으로 흘러 세상 목숨을 떠받드는 자리에 머물고자 하는 것이겠다.

발도 무릎도 성치 않은 나를
오라오라 부르는 소리 끊임없어
드디어 너를 찾아가는 길

끊어질 듯 숨이 끊어질 듯
터질 듯 가슴 터질 듯
오르고 오른 산길
마침내 만난 너
아름다워라 눈부셔라
하얀 나무들의 숲
천사들의 마을인가
평화의 나라인가
성자들의 사원인가
얼마나 사랑이 넘치면
온몸에 하얀 꽃 피었을까
하늘도 내려와 기댈까
어느덧 내 안의 나는
자작나무들의 그윽한 눈빛에 빠져
자작나무 나라에 망명하여
한 그루 자작나무로 선다
— 「자작나무 숲에 망명하다」 전문

그렇다면 차옥혜의 시가 자연을 노래하며 꿈꾸는 것은 무엇일까? 인용 시를 통해 짐작해볼 수 있다. "발도 무릎도 성치 않은" 시의 주체는 그럼에도 "오라오라 부르는 소리 끊임없이" 들으며 "너를 찾아 가는 길"에 오른다. "숨이 끊어질 듯" "가슴 터질 듯" 산길을 오르고 올라 마침내 만난 것은 다름 아닌 자작나무 숲이었다. 눈앞에 펼쳐진 "하얀 나무들의 숲"을 바라보며 시의 주체는 자기도 모르게 "아름다워라 눈부셔라" 감탄을 쏟아놓는다. 지상의 존재가 아닌 것처럼 신비로운 자작나무 숲을 바라보며 "얼마나 사랑이 넘치면/온몸에 하얀 꽃 피었을까" 감탄한다. 자작나무 숲을 비유하는 "천사들의 마을", "평화의 나라", "성자들의 사원"은 시의 주체가 생각하는 최고의 예찬이겠다. 성치 않은 발과 무릎으로 힘겹게 오른 산길에 만난 자작나무 숲을 바라보다 "자작나무들의 그윽한 눈빛에 빠져" 마침내 "자작나무 나라에 망명하여/한 그루 자작나무로" 서는 것을 상상한다. 아름답고 눈부신 것에 대한 예찬을 넘어 그 자체가 되고자 하는 합일의 마음이 자연에 기대어 시를 쓰는 시인의 마음일지도 모르겠다.

　　3.

　　차옥혜의 시에서 자연은 단지 예찬이나 동화의 대상은 아니다. "꽃씨를 나누니/절로 마음도 나누"(「꽃씨를 나누니」)게 되는 경험을 노래한 시처럼 더 많은 생명을 지키고 더 많은 것을 나눌 수 있는 것이야말로 자연이 주는 가장 큰 선물이다. 그런 점에서 차옥혜의 시는 땅을 일구고 씨를 뿌려 생명을 가꾸는 농부의 마음으로 쓰인다. 유독 이번 시집에 농촌이나 산 같은 자연을 지키는 사람들이 자주 등장하는 까닭도 여기에 있다. 그녀의 시가 자연에서 얻는 가장 큰 가르침도 생명을 키우고 나누는 바로 그 마음에 있을 것이다.

　　　　그해 겨울
　　　　기근이 전염병처럼 퍼졌다

전쟁으로 남편과 시어머니를 잃은 영희는
시아버지와 어린 자식들을 위해
간신히 묽은 죽을 쑤어 밥상을 차렸다
시아버지는 단식으로 속병을 고친다며
식사를 거부하고 물만 마셨다
영희가 매일 수시로 아무리 죽을 권해도
시아버지는 한사코 막무가내였다

봄이 오자 뼈만 남은
시아버지가 돌아가셨다
시신을 염하고 시아버지의 요를 거두니
씨앗들이 깔려 있었다
볍씨, 콩, 상추, 아욱, 무, 배추, 조……
장례를 마치고 자식들과 고향을 떠나려던
영희는 통곡하며 씨앗을 끌어안았다
생명을, 희망을, 미래를 껴안았다

아버지 저도
사람 씨앗을 위하여
어떤 일이 있어도
곡식 씨앗을 지키겠습니다
아버지가 목숨으로 지킨 씨앗
아버지의 몸이고 넋인 씨앗
아버지와 나와 자식이 씨앗으로
한 몸입니다
조상과 후손과 나는 씨앗으로
함께 영원합니다

영희는 죽을힘을 다해
논밭을 갈고 씨를 뿌렸다
걸핏하면 울던 울보 영희는
그 이후 절대 울지 않았다

씨앗이 밀고 가는 세상
씨앗이 먹이는 세상
씨앗이 키우는 세상
씨앗은 생명이다 목숨이다 넋이다
씨앗은 아버지다 어머니다 나다 자식이다

초록 벌판에
종일 일하며 부르는 영희의 노래가
끊임없이 울렸다

— 「씨앗의 노래」 전문

　시집 수록시 중에서 비교적 긴 이 시는 서사를 품고 있다. 전쟁으로 남편과 시어머니를 잃고 기근이 전염병처럼 퍼진 그해 겨울 시아버지마저 곡기를 끊고 세상을 떠난 영희의 사연이 시에 펼쳐진다. 기근이 심해 간신히 묽은 죽을 쑤어 밥상을 차렸지만 단식으로 속병을 고친다며 곡기를 끊고 세상을 등진 시아버지의 시신을 염하고 나서 시아버지의 요를 거두니 그곳엔 씨앗들이 깔려 있었다. "볍씨, 콩, 상추, 아욱, 무, 배추, 조……". 며느리와 손주들을 위해 각종 씨앗을 이부자리에 숨겨두고 있었던 것이다. 영희의 시아버지가 목숨을 바쳐 지킨 씨앗은 생명의 상징이자 희망의 상징, 미래의 상징이었다. 그러므로 영희는 시아버지를 향해 맹세한다. "사람 씨앗을 위하여/어떤 일이 있어도/곡식 씨앗을 지키겠"다고. "아버지가 목숨으로 지킨 씨앗"은 "아버지의 몸이고 넋"이며 조상과 후손을 이어주는 "함께 영원"한 씨앗임을 영희는 안다. 그러므로 "죽을힘을 다해/논밭을 갈고 씨를 뿌"려 "씨앗이 밀고 가는 세상/씨앗이 먹이는 세상/씨앗이 키우는 세상"을 일구어간 것이다.

이번 시집의 핵심어인 '씨앗'은 생명이고 목숨이고 넋이며, 아버지고 어머니고 나고 자식이다. 차옥혜의 시가 쓰고 싶어하는 시는 바로 그런 씨앗의 노래이다. 누군가 목숨을 바쳐 지킨 생명이자 목숨이자 넋인 노래. 그것은 씨를 뿌려 생명을 기르는 농부의 마음이자 시인의 마음이겠다.

> 콩밭에는 콩만
> 고추밭에는 고추만
> 심고 길러야 하는 농부의 밭에
> 바람은 수시로 와
> 쇠비름, 클로버, 새포아풀, 애기똥풀
> 엉겅퀴, 환삼덩굴, 메꽃, 강아지풀 ……
> 잡초를 옮겨놓는다
> 바람의 심술에
> 아니 세상 모두가 제 땅이고
> 제가 경작해야 한다고 생각하는
> 바람의 아집 때문에
> 농부는
> 손가락이 아프며 등뼈가 굽고
> 옆구리가 결리며 무릎이 쑤신다

그래도 농부는 바람에
백기를
들지 않는다 들 수 없다
맞서 뚫고 나간다
                    ―「농부는 바람에 백기를 들지 않는다」 전문

씨를 뿌리고 거두는 농부의 마음이 어떤 것인지 짐작케 하는 시이다. 농부의 밭에 수시로 와 "쇠비름, 클로버, 새포아풀, 애기똥풀", "엉겅퀴, 환삼덩굴, 메꽃, 강아지풀" 따위의 잡초를 옮겨 놓는 바람의 심술과 아집에 맞서, 농부는 손가락이 아프고 등뼈가 굽고 옆구리가 결리고 무릎이 쑤시도록 잡초를 뽑는다. "콩밭에는 콩만/고추밭에는 고추만" 잘 자라도록 하기 위함이다. 아무리 온몸이 아프고 쑤셔도 "농부는 바람에/백기를/들지 않는다"는 사실은 직접 경험하지 않고는 알 수 없는 것이기도 하다. 바람에 백기를 들지 않고 맞서 뚫고 나가는 농부의 의지는 정성 들여 생명을 지켜내기 위한 것임을 차옥혜의 시는 보여준다.

싹트지 못한 씨앗들에게
처진 잎이 도르르 말린 수국에게
타는 고구마 순, 호박 순, 고추, 가지에게
지하수를 끌어올려 물을 주니
잎새들이 고개를 쳐들고 눈물 흘린다
씨앗들이 움튼다

아파트 관리비를 몇 달 못 내어
수돗물이 끊겨 죽었다는 모녀

136

물 좀 줘, 물 좀 줘, 물 좀 줘
사방 벽을 넘지 못한
얼굴도 본 적 없는 그들의
소리 없는 비명이 새삼
물 호스를 든 나를 때린다

— 「가뭄에 물주기」 전문

    신성한 노동이 생명을 키우는 힘임을 알고 있는 차옥혜 시의 주체는 자연스럽게 삶이 고달픈 이들의 사연에도 관심을 기울인다. 이 또한 생명을 귀히 여기고 키우는 농부의 마음과 다르지 않다. "싹트지 못한 씨앗들"과 "처진 잎이 도르르 말린 수국", "타는 고구마 순, 호박 순, 고추, 가지에게" "지하수를 끌어올려 물을 주니/잎새들이 고개를 쳐들고 눈물 흘"리고 "씨앗들이 움" 트는 경험을 한 것에 대해 이 시는 주목한다. 그렇게 시들어가는 존재를 살려본 적이 있기에 "아파트 관리비를 몇 달 못 내어/수돗물이 끊겨 죽었다는 모녀"의 사연이 주체의 마음을 사로잡는다. "얼굴도 본 적 없는 그들의/소리 없는 비명이 새삼/물 호스를 든" 시의 주체를 때린 것이다. 시든 수국과 싹트지 못한 씨앗들에게 물을 주는 마음으로, 차옥혜의 시는 가난하고 소외된 이웃들의 목소리를 담아내고자 한다.

산과 살다 산에서 죽어 산에 묻혀
영원히 산과 함께하고 싶었다
그런데 보름 전 처음 보는 남자가 나타나
자기가 산의 주인이라며 등기권리증을 보여주고

산을 깎아 물류센터를 지으려고 하니
산을 떠나라고 했다

나무, 풀꽃, 산새, 고라니, 토끼, 다람쥐 어쩌고
태초부터 마을을 안고 있는 산을 죽인다니
할아버지 산지기는 눈앞이 캄캄하다
그때 조금만 더 나이가 많았어도 쌀 세 가마에
아니 쌀 백만 가마를 준대도
결코 산을 팔지 않았을 텐데
안 돼 안 돼 절대 산을 죽여선 안 돼
할아버지 산지기는 울부짖으며
왕 소나무에 자신의 몸을 꽁꽁 묶었다
                    ―「벼랑에 몰린 할아버지 산지기」 부분

처녀의 몸으로 14명 고아들을
자식으로 입양하여
키우며 교육시키고 결혼시킨 님
편하고 위생적인 선교사 숙소 버리고
한옥에서 한복 입고 조선 사람 되어
22년간 오갈 데 없고 고통 받는 사람들을
품어주어
나이가 많으나 적으나 어머니로 부른 님
간호학교와 신학교를 세워 인재를 양성한 님

끝내 과로와 영양실조로 병에 걸려서도
마지막까지 사랑을 베풀다
죽어서도 자신의 몸을 의학용으로 기증한 님
남은 건 반쪽 담요, 동전 일곱 개, 강냉이 두 홉

최초 광주 시민 사회장으로 치른 장례 행렬엔
수많은 사람들이 어머니 어머니 부르며
울며 애통해하며 따랐다는

—「서서평」 부분

산에서 태어나 평생 산을 가꾸고 지키며 살던 할아버지 산지기와 식민지 조선에 선교사로 와 병자와 아이들과 여성들을 돌보며 조선의 어머니로 살다 간 독일 출신 미국 선교사 서서평의 삶은 서로 닮았다. 눈 감고도 산 전체를 훤히 알 정도로 산을 구석구석 돌보며 산 산지기 할아버지는 끝내 목숨 걸고 산과 산에서 살아가는 생명들을 지켜낸다. 산을 깎아 물류센터를 지으려는 자본의 욕망에 맞서 자연 생태계를 지켜냄으로써 산 아래 마을 주민들의 목숨까지 지켜낸다. 서서평 역시 자신을 필요로 하는 병자와 아이들과 여성 같은 약자가 있는 곳이라면 어디든 마다하지 않으며 "고통 받는 사람들을/품어주"고 "간호학교와 신학교를 세워 인재를 양성"한다. 이처럼 생명을 지키고 수호하는 이들의 삶에 차옥혜의 시는 공감하며, 자신의 시도 이들처럼 씨앗을 지키는 생명의 노래가 되기를 희망한다. 이번 시집의 제목이 '씨앗의 노래'가 될 수밖에 없었던 이유이기도 하다.

4.

차옥혜의 이번 시집에는 아프거나 소외된 이들이 자주 등장한다. 그녀의 시는 늙고 병들고 소외된 이들의 아픔에 공감하며 이들의 상처를 돌보고자 한다. 늙고 쇠약해져 가는 자신의 몸을 응시하는 시들도 같은 맥락에 놓인다. 차옥혜 시인은 노년의 삶을 따뜻한 성찰의 시선으로 들여다보며 소외된 이들의 아픔에 공감하고 그들의 상처를 치유하는 시를 쓰고자 한다.

> 낙엽이 낙엽을 덮어주며
> 마른 풀들이 마른 풀들을 껴안으며
> 빈 나뭇가지들이 빈 나뭇가지들을 바라보며
> 서로를 위로하고 있는
> 적막한 겨울 들판이
> 적막한 겨울 숲이
> 적막한 나를 품는다
>
> 쓸쓸한 겨울 들이
> 고요한 겨울 숲이
> 뿜는 시리고 찬 은은한 빛이
> 쓸쓸한 내가
> 고요한 내가
> 읊는 시에
> 따뜻함으로 서린다
>   —「적막이 적막을 위로한다」 전문

시의 주체가 그리는 적막한 겨울 들판의 모습은 홀로 있는 모습은 아니다. "낙엽이 낙엽을 덮어주며/마른 풀들이 마른 풀들을 껴안으며/빈 나뭇가지들이 빈 나뭇가지들을 바라보며/서로를 위로하고 있는" 모습에 가깝다. 적막한 겨울 들판과 겨울 숲

이 "적막한 나를 품는" 까닭은 여기에 있다. 외로운 영혼이 외로운 영혼을 알아보듯이 적막한 겨울 들판과 적막한 겨울 숲은 적막한 나를 품는다. 적막함과 쓸쓸함과 고요함은 어쩌면 시의 숙명이기도 하다. 겨울을 맞은 들과 숲이 쓸쓸하고 고요한 빛을 내뿜는 것을 보며 쓸쓸하고 고요한 시의 주체도 그런 풍경에 공감한다. 적막만이 적막을 이해하고 위로할 수 있는 것인지도 모르겠다. 차옥혜의 시에는 바로 그 적막하고 쓸쓸하고 고요한 겨울 풍경이 따뜻함으로 서린다. 적막함을 체득한 시의 주체는 적막한 영혼을 위로하는 따뜻한 시를 쓰고 있다.

비정규직으로 떠돌다
오랜만에 집에 들른 노총각 아들
한밤중 인기척에 깨어보니 화장실에서
소리 죽여 토하네

공중 줄타기 같은 일자리에 시달려
밥 제때 제대로 못 챙겨 먹어
마른 아들에게
내가 해줄 수 있는 일은
따뜻한 밥과 국 듬뿍 담아
밥상을 차려주며
밥 많이 먹어라 밥이 힘이다
라는 말 주문처럼 되풀이하는 것

고달파 줄어든 위로
어미 기분 좋게 하려고

억지로 많이 먹어 체했나

아들 몸과 마음 살찌우려다
되레 병만 준 어미
속수무책으로 가슴 쓰라린 밤
　　　　　　　　—「사랑도 넘치면 독이 되나 봐」 전문

　비정규직으로 하루하루 고달픈 삶을 살아가는 아들을 둔 어머니의 마음이 잘 그려진 시이다. 정규직 진입이 점점 어려워지는 세상에서 비정규직으로 "공중 줄타기 같은 일자리에 시달"리느라 끼니도 "제대로 못 챙겨 먹어/마른 아들"이 어머니 눈에는 계속 밟혔을 것이다. 그런 아들에게 해줄 수 있는 일이라곤 "따뜻한 밥과 국 듬뿍 담아/밥상을 차려주"는 것밖에 없다는 생각에 "밥 많이 먹어라 밥이 힘이다"라는 말 주문처럼 되풀이했을 뿐이었겠다. 그런 어머니의 마음을 누구보다 잘 아는 아들은 꾸역꾸역 억지로 많이 먹었다 체하고 말았는데, 혹시나 어머니가 들을까 봐 "화장실에서/소리 죽여 토하"고 있다. "한밤중 인기척에 깨어" 그런 아들의 모습을 목격한 어머니의 마음은 얼마나 아프고 쓰라렸을까. 아들은 어머니를, 어머니는 아들을 서로 배려하고 위하는 마음에서 한 말이자 행동이지만 "아들 몸과 마음 살찌우려다/되레 병만 준" 것은 아닌지 어미의 마음은 "속수무책으로" 쓰라리다. 비정규직 아들을 둔 어머니의 마음으로 차옥혜의 시는 소외된 이들의 아픔을 어루만진다.
　「꽃이 모두에게 꽃이 아니구나」에서도 "벚꽃들이 내민 수만 손을 잡고/벚꽃들의 눈빛에 끌려/벚꽃 세상을 떠돌며/살고 싶어 살고 싶어" 노래하고 있는 순간 "벚꽃 아래에/스스로 목숨을 내려놓은 친구"가 있었음을 알고, 친구의 아픔을 뒤늦게 알았다는 미안함에 자책하는 시의 주체가 등장한다. 세상의 모든 아픔을 끌어안을 수는 없겠지만 시의 주체는 "누가 무엇이 너를 가로막았"는지 "벚꽃이 눈부신 이 봄날에/벚꽃을 등지고/어디를 가고 있"는지 묻기를 게을리하지 않는다.

식민지 조선 청년 일만 명이나 강제징집하여
위협으로 폭탄을 짊어지고
미군 전차에 뛰어들어 폭사하게 만들고
총알받이로 세워 학살한
전범 일본이 70년이 훌쩍 지나도록
진실을 감추고 침묵하고 있어
한국인위령탑은 억울하고 원통해서
잠들지 못하고 통곡하고 있다

고국이 고향이 그리워
가족이 보고 싶어
눈물 솟아
잠들 수 없어 통곡하고 있다.

"한국의 돌로 온 민족의 이름으로 탑을 세워
명복을 비오니 편히 잠드소서"
라고 조국에서 비문 새겨주었지만
숨겨진 모든 조선 전사자들의 진상과 이름 밝혀져
합동 위령탑 진실 위령탑 될 때까지는
한국인위령탑 313명 넋들은 쓰리고 아파

결코 자신들만 잠들 수 없어 통곡하고 있다

천명 가난한 조선 처녀들 취직시켜준다고 속여
끌고 와 강제로 일본군 위안부로 짓밟고도
아직도 숨기고 참회하며 사과하지 않는
일본이 화나서도 통곡하고 있다
                        ─「통곡하는 오키나와 한국인위령탑」 전문

소외된 이들의 아픔에 공감할 줄 아는 차옥혜의 시는 종종 역사를 거슬러 올라가 이 땅에서 벌어진 학살의 역사를 증언하기에 이른다. "식민지 조선 청년"을 "일만 명이나 강제징집"해 "미군 전차에 뛰어들어 폭사하게 만들고/총알받이로 세워 학살한/전범 일본이 70년이 훌쩍 지나도록" 반성은커녕 "진실을 감추고 침묵하고" 있다는 사실에 원통해한다. 오키나와에 세워진 "한국인위령탑은 억울하고 원통해서/잠들지 못하고 통곡하고 있"는데 "천명 가난한 조선 처녀들"을 "취직시켜준다고 속여/끌고 와 강제로 일본군 위안부로 짓밟고도" '일본군 위안부' 할머니들이 20명밖에 생존하지 않은 지금까지도 사과할 줄 모르고 오히려 적반하장으로 경제 보복을 자행하고 있는 일본의 만행에 차옥혜의 시는 분노한다. 아직도 제대로 된 애도의 시간을 갖지 못한 역사의 아픈 기억을 잊지 않으려는 마음과 참회할 줄 모르는 이들을 향해 분노하는 마음은 사실상 다르지 않다. 학살당한 기억을 잊지 않으려는 마음은 "어둠을 넘어" "빛을 몰아오는" "광장에 만발한 촛불 꽃 마음 꽃"(「촛불 꽃 마음 꽃」)을 기리는 마음으로 확장된다. 신동엽의 시가 그랬던 것처럼 차옥혜의 시도 우리의 아픈 역사를 기억하고자 하며 오늘의 역사적 순간 또한 기억하고자 한다. "광장에 가득 핀/촛불 꽃"의 기억, 그 감격의 역사적 순간에 함께했던 기억을 기록하고자 하는 것이다. 어둠을 몰아내고 빛을 불러온 촛불 꽃 마음 꽃이 광장을 물들이기까지 "쌀값 폭락 농민들의 어려움 호소하고/젊은 모세들의 울타리가 되어주려다/공권력의 정조준 물대포에 쓰러져/뇌출혈로 의식 잃어 뇌수술 받고/300여 일이나 사투하다 영면"(「딸기나무 불꽃을 본 모세들」)한 백남기 농민의 희생이 있었음을 또한 잊지 않으려 한다.

   5.

   자연으로부터 차옥혜의 시는 생명의 소중함을 배웠고, 생명의 소중함을 지킬 줄 아는 마음으로 상처입고 소외당한 이들의 아픔을 돌본다. 그녀의 시가 역사의 시간을 거슬러 올라가 학살의 현장을 기억하고자 하는 것도, "이제 희망을 버리고/호박이나 바람개비로 살자 하"다가도 어둠을 뚫고 들려오는 "희망이 부르는 소리"(「희망이 부르는 소리」)를 끝내 외면하지 못하는 것도 역사를 신뢰하고 생명의 존엄함을 지킬 줄 아는 세상을 향한 희망을 포기하지 않았기 때문일 것이다. 그런 점에서 이번 시집에서 시와 시인에 대한 시가 자주 눈에 띈다는 점은 의미심장하게 읽힌다.

      언젠가 장님이 될 거라는 의사의 말에

보이는 모든 것이
별이 되고 꽃이 되어
내 눈을 찔러댄다

쓰리고 아파서 울고 울다가
사십오 년 전 결혼할 때
어머니가 지어주신 목화솜 이불
이불장 깊숙이 잠자던 목화솜 이불
꺼내어 처음으로 솜을 타서
깔고 덮는다
포근한 어머니 품에 안긴다
돌아가신 어머니의 목소리 들린다

두려워 마라
눈을 감아도 내가 보이잖아
보이는 동안 본 것들을
감사하고 사랑하며
마음의 솜틀에 틀어
마음의 빛으로 보며
마음의 백지에 시를 쓰거라
　　　　　　　　─「어머니가 지어주신 목화솜 이불」 전문

　젊은 날에는 사느라 바빠 몸을 돌볼 마음의 여유를 갖지 못하다가 나이 들면서 멀쩡했던 몸이 하나둘 아프기 시작하면서 비로소 몸을 돌아보게 된다. 무릎이나 발, 손목이 고장 나는 사람도 있고 눈이 침침해지고 귀가 어두워지는 사람도 있다. 신체 부위는 달라도 어디든 젊은 날의 몸 같지는 않고 그 사실을 받

아들여야 함을 알면서도 문득 서러움에 젖기도 한다. 시의 주체도 눈에 이상이 생겨서 병원에 갔다가 "언젠가 장님이 될 거라는 의사의 말"을 듣는다. 그러자 "보이는 모든 것이/별이 되고 꽃이 되어" "눈을 찔러댄다". 평생 책을 가까이하고 시를 써온 시의 주체에게 눈이 안 보일지도 모른다는 말은 사형선고와도 같은 충격이었을 것이다. "쓰리고 아파서 울고 울"던 주체가 위안을 얻는 것은 "사십오 년 전 결혼할 때/어머니가 지어주신 목화솜 이불"을 "꺼내어 처음으로 솜을 타서/깔고 덮"으면서였다. 어머니가 지어주신 목화솜 이불은 어머니의 품처럼 포근하고 따뜻해 마치 어머니 품에 안긴 것 같고 어머니 목소리가 들리는 것만 같다. 마음의 안정을 얻는 시의 주체에게 어머니의 목소리가 들려온다. "두려워 마라"고. "눈을 감아도 내가 보이"듯이 눈을 잃어도 마음의 눈으로 볼 수 있는 것은 볼 수 있을 거라고, "보이는 동안 본 것들을/감사하고 사랑하며/마음의 솜틀에 틀어/마음의 빛으로" 볼 수 있을 거라고. "마음의 백지에 시를 쓰"라는 어머니의 말은 시의 주체의 내면에서 들려오는 말이기도 하다.

깊고 먼 그 이름이다

바람 바람꽃이다

발아래 있는 하늘이다

아름다운 독이다

날마다 되돌아가는 고향이다

그 흔들림 속에 가득한 하늘이다

숲 거울이다

만날 수 없는 희망이다

희망이 부르는 소리다

눈사람이다

─「시」 전문

차옥혜 시인에게 시란 무엇일까? 그것은 "깊고 먼 그 이름"이
자 "바람 바람꽃", "발 아래 있는 하늘", "숲 거울"처럼 자연이 선
사한 것이자 "날마다 되돌아가는 고향"인 어머니의 마음이다.
때론 흔들리고 회의하지 않는 것도 아니지만 "그 흔들림 속에
가득한 하늘"이다. "만날 수 없는 희망"이지만 그럼에도 끝내 외
면할 수 없는 "희망이 부르는 소리"다. 마치 "눈사람"처럼. 녹아
버려도 눈이 오면 또 설레면서 만들 수밖에 없는 눈사람처럼 말
이다.

차옥혜의 시가 그리는 시인은 "끊임없이 어둠을 뚫는/뿌리의
노래를 새기는/항상 씨앗의 꿈을 꾸는/해와 달을 부어 키운 시
나무로/세상의 아픔을 사르는/죽은 사람, 산 사람, 올 사람/모두
함께 천년만년/풀잎의 말로 속삭이며 춤추고 싶은/사람"(「시인」)
이다. '씨앗의 노래'를 부르며 씨앗의 꿈을 꾸는 사람. "죽어서

빛나는 전복"처럼 "겉만 보"거나 "겉만 챙기지" 말고 "고운 내면의 빛"(『전복 껍질』)을 그릴 줄 아는 사람. 어쩌면 "풀릴 듯 풀릴 듯 풀리지 않는/수학을 풀다 수학 공식에/머리 박고 쓰러"져 "병원에 실려 가면서/조금만 더 시간이 주어진다면/꼭 풀 수 있는데/들릴 듯 말 듯 중얼거리는" 집념의 수학자(『집념의 수학자』)가 그녀가 생각하는 이상적인 시인의 모습일지도 모르겠다.

　마지막 순간까지 치열하게 시를 쓰고 싶은 마음을 품고 있기 때문에 시인은 "어느 시집이든 찾아오면/처음부터 끝까지 꼼꼼히 읽으며/노트에 감동한 시 구절 기록하고/모르는 시어 일일이 사전에서 찾아 쓴 후/백지에 가장 자신을 울린 시 한 편/펜으로 꾹꾹 눌러 쓴 후/여백에 빼곡히 감동한 시/제목과 쪽 번호 나열하고 시평을 써서/폐지를 접어 만든 편지봉투에 넣어/시집 저자에게 보내주는"(『나비 시인』) '나비 시인'의 소중함을 누구보다 잘 알고 있는 것인지도 모르겠다. 차옥혜의 시가 부르는 씨앗의 노래에 그렇게 화답할 아름다운 독자가 저기, 온다.

李京洙 | 문학평론가 · 중앙대 국문학 교수

푸른사상 시선 107

씨앗의 노래